Le train d'El-Kantara

Castor Poche
Collection animée par
François Faucher, Hélène Wadowski,
Martine Lang et Joseph Jacquet

Une production de l'Atelier du Père Castor

JACQUES DELVAL

LE TRAIN D'EL-KANTARA

Illustrations de
GÉRARD FRANQUIN

Castor Poche Flammarion

Jacques Delval

L'auteur est né en 1939, en Picardie. A l'époque, il préfère gambader dans les champs plutôt qu'aller à l'école. En grandissant, il aime voyager, plus particulièrement dans les grandes villes où il peut observer de nombreux personnages. Après avoir exercé divers métiers, il écrit des histoires.
« Mes histoires sont rarement inventées. Mes personnages, je les ai souvent rencontrés et il leur arrive des aventures qui ont été les miennes.
« À vingt ans, appelé en Algérie pour y faire la guerre, j'ai découvert un pays, un peuple si attachants qu'ils m'ont inspiré bien des pages d'écriture, et en particulier ce récit : *Le train d'El-Kantara.* »

Du même auteur, dans la collection Castor Poche :
Un barrage dans la vallée, n°212 ;
Laura et le mystère de la chambre rose, n°310 ;
Noria, n°374 ;
Salut bahut ! n°445.

Gérard Franquin

L'illustrateur de l'intérieur, depuis sa naissance en 1951, a pratiquement toujours un crayon ou un pinceau à la main. Il a illustré de nombreux albums et ouvrages pour l'Atelier du Père Castor où il a longtemps travaillé en tant que maquettiste, avant de partir habiter dans le sud de la France.

Julien Delval

L'illustrateur de la couverture est né le 3 mars 1972 à Paris où il vit encore aujourd'hui. Il a étudié aux Arts Décoratifs de Paris. Il travaille surtout pour le fantastique et la science-fiction, mais il aime aussi illustrer toutes les histoires (comme celles que son père ou sa mère racontent !).

Sélection Grand Prix Jeunes Lecteurs

1

L'air tremble en vapeurs bleutées au-dessus de la voie ferrée qui s'enfonce, au loin, dans les sables. Trois garçons semblent dormir à l'ombre d'une montagne de traverses tachées d'huile de vidange. L'un d'entre eux ouvre un œil vif sous le chèche qui pendouille et dit en bâillant largement :
— Encore une heure à attendre !
— L'eau ne sera plus fraîche, constate un petit frisé, en ramenant ses jambes sous une kachabia effilochée.
— Mais si, j'ai enveloppé les gargoulettes dans un chiffon humide ! riposte le troisième, un garçon de douze-treize ans, aux longs cils noirs.

Puis ils retombent dans une espèce de torpeur lourde. Le soleil flamboie à l'aplomb des montagnes de l'Atlas et la petite gare, comme un radeau minuscule, dérive dans la chaleur.

Soudain un appel strident déchire l'immobilité brûlante. Les trois garçons bondissent sur leurs pieds nus, escaladent le tas de bois et regardent vers le nord. Sortant des montagnes comme des coulisses d'un théâtre, un fantôme de locomotive danse au-dessus des rails.

— Les voilà ! lance le petit aux longs cils noirs.

Il retrousse sa gandoura trouée, saute sur le sable, attrape une gargoulette par le col et court vers la voie de chemin de fer. Les autres le suivent de près et vont se poster un peu plus loin, au bord du quai. La locomotive, précédée d'une longue plate-forme vide, avance avec une lenteur désespérante, traînant plusieurs wagons poussiéreux. Elle grignote peu à peu l'immensité et, avec des ondulations de chenille fatiguée, vient mourir le long du quai.

Les trois garçons bondissent sur le marchepied des wagons et crient, en brandissant leur gargoulette :

— A boire, soldats militaires, à boire de la bonne eau fraîche !

Par les fenêtres du train sortent des têtes endormies aux yeux collés par la sueur. Des bras tendent des quarts qui brillent dans le soleil. Des voix pâteuses réclament :

— Par ici les gars, par ici, versez à boire !

Lakdar, le petit aux longs cils noirs, cramponné à la poignée d'une portière, précise :

— Tu sais soldat, c'est un franc le quart!

— Oui, d'accord, d'accord, verse, lui répond un gros soldat à la peau rose.

Lakdar incline sa gargoulette en jetant un coup d'œil dans le wagon surchauffé. Une dizaine de jeunes soldats français, chemise ouverte, cravate dénouée, sont avachis sur les banquettes en bois. De leur paquetage, jeté dans les filets, pendent des gourdes marron, des couvertures, des casques lourds peints en vert. Une forte odeur de sueur flotte autour des hommes.

— Verse encore ! dit le militaire à la peau rose, ton eau est rudement bonne.

Et il s'essuie la bouche d'un revers de main.

— Alors ça fera deux francs, répond Lakdar en souriant.

— A moi, à moi !

D'autres quarts se tendent. Le sourire de Lakdar s'élargit. La recette va être bonne ! En rentrant au village il pourra acheter des légumes, des dattes et peut-être même un gros pain.

— Dépêchez-vous, on va repartir !

Un grand gars costaud, à la figure sympathique, s'est levé en se tenant aux filets à bagages.

Un coup de sifflet. Les wagons frémissent, les essieux grincent. Le convoi s'ébranle lentement. Lakdar a relevé la tête et dit d'une voix anxieuse :

— Paie maintenant, soldat ! Le train s'en va ! Ça fait un franc pour toi, pour toi deux francs...

Les soldats rigolent et se rejettent en arrière, sur les banquettes. Le convoi commence à prendre de la vitesse.

— Alors soldat, tu donnes l'argent ! Le train s'en va ! Tu vois bien !

Les soldats ne font aucun geste. Ils regardent l'adolescent cramponné d'une main au montant de la fenêtre. Les larmes lui montent aux yeux. Des touffes de palmiers défilent rapidement aux fenêtres, puis des petits murs en terre rouge. On a dépassé El-Kantara.

Lakdar ne veut toujours pas sauter et abandonner la recette de la journée. Il dit encore d'une voix suppliante :

— Paie soldat, paie s'il te plaît !

Une secousse, un faux mouvement, il lâche la gargoulette. Elle s'écrase sur les cailloux. Il a juste le temps de se rattraper à la fenêtre baissée. Ses jambes battent dans le vide. Il va tomber.

Une main puissante le saisit par sa gandoura et le tire à l'intérieur du wagon où il atterrit, la tête la première, sous le rire des soldats. Il se relève entre deux banquettes, face au grand costaud.

— Alors ça va, mon pote ? Rien de cassé, à part la gargoulette ?

Lakdar remet son chèche en place et ne répond rien. Il se sent fragile, menacé au milieu des soldats qui le regardent d'un air moqueur.

— Tu ne dis rien ? Ils vont te payer, va ! Allez

les gars, vous avez bu, il faut casquer maintenant !

Et le grand costaud se tourne vers ses copains en tendant un képi. Les soldats fouillent dans leurs poches et sortent des petites pièces de monnaie.

— C'était simplement pour rigoler, caporal ! lance le soldat à la peau rose.

Le caporal donne l'argent à Lakdar qui le noue dans une extrémité de son chèche.

— Et comment tu t'appelles ? lui demande le caporal.

— Mohamed, ils s'appellent tous Mohamed, les Arabes ! dit un soldat en reboutonnant sa chemise.

— Alors ton nom !

Le caporal a saisi Lakdar par les épaules et le secoue sans douceur.

L'adolescent lève la tête. Il voit tous ces regards étrangers qui l'encerclent, tous ces fusils appuyés contre les banquettes. Alors, en un éclair, des images mauvaises surgissent dans sa tête.

⁂

La pièce est sombre. Une lueur légère auréole le volet, annonçant l'aube. Il se serre contre sa mère endormie. Soudain des coups violents heurtent la porte. Des cris, des hurlements montent dans la ruelle. Sa mère se lève, le prend dans ses bras et attend, immobile au milieu de la pièce. Les coups redoublent. La porte est abattue. Des soldats bondissent dans la maison, renversent l'étagère, donnent des coups de pied dans les coussins, retournent la natte où ils dormaient, ouvrent le grand coffre. L'un d'entre eux saisit sa mère par un bras et lui demande brutalement, en la secouant :

— Où es ton mari ?

— Il est parti, répond la mère dans un souffle.

— Parti ! Parti où ?

Et le soldat la secoue de plus belle.

Sa mère ne répond plus, elle ferme les yeux. Le soldat se détourne brusquement et dit aux autres :

— Allez, on s'en va. On ne trouvera rien ici !

En partant, il lance un violent coup de crosse dans la grande jarre, près de l'entrée. Elle se fend en deux et la belle huile jaune coule dans la poussière, vers le petit jour qui se lève.

⁂

La voix amicale du caporal le tire de son cauchemar :

— Tu rêves ? On ne te veut pas de mal, tu sais ! Tu descendras avec nous à la prochaine station et tu prendras le train dans l'autre sens.

— S'il peut encore passer, caporal ! dit un soldat en mastiquant son sandwich caoutchouteux. Tu as vu la plate-forme devant la loco ? C'est pour les mines. S'il y en a sur la voie elle sautera la première, sans trop de dégâts pour nous, mais la voie ferrée, elle, sera foutue. Les trains ne passeront plus pendant un bon moment !

— Ah, ne parle pas de malheur ! répond le caporal en s'asseyant sur la banquette.

Il fait signe à Lakdar de venir s'installer près de lui. Le train file à bonne allure. Les montagnes, loin en arrière, ne sont déjà plus qu'une haute cascade blanche au-dessus de l'horizon. Des petits buissons, aux feuilles minuscules, des touffes de drinn jaunâtres allongent leur ombre immense sur les cailloux.

Lakdar regarde les traverses défiler et s'endort peu à peu, bercé par le bruit monotone des roues.

Une agréable fraîcheur le réveille lentement. Il ouvre les yeux. Le soleil est au ras des portières. Dans le wagon les soldats dorment en gémissant. Une brise légère fait voleter le rideau des fenêtres. La porte de communication avec l'autre wagon s'ouvre brusquement et un sergent hurle dans le compartiment :

— La section pour El-Oued, préparez-vous à descendre !

Les soldats se réveillent en rouspétant et cherchent leur paquetage dans les filets. Le train freine dans un crissement épouvantable. Lakdar bascule dans les bras du caporal qui lui dit :

— Allez, viens, on descend. Nous, demain, on prendra la piste pour El-Oued. Des camions doivent venir nous chercher. Toi, tu reprendras le train pour El-Kantara.

2

La nuit est presque tombée. Une bonne odeur de sable frais entre dans le compartiment. A la lumière du convoi on distingue, au bord du quai, une petite gare déserte, amarrée à la ligne de chemin de fer.

— Personne pour nous accueillir. Tu parles d'un bled ! dit un soldat en se débarrassant de son sac qui roule sur le sol.

Le caporal saute du train et crie à ses camarades :

— On va coucher dans la gare. Chacun prendra son tour de garde. Allumez un feu. On pourra faire du café.

— Allumer un feu ! Mais tu es fou, caporal ! Ils pourraient nous voir ! répond un soldat.

— Mais non ! Il n'y a pas de fellouzes par ici.

— Qu'est-ce que tu en sais ? Et si nous étions

attaqués, qu'est-ce qu'on pourrait faire ? On n'a que sept mois d'armée ! Nous n'avons jamais combattu, sauf pour rire, durant nos classes.
— Oui, d'accord, d'accord, mais le sergent, dans le train, m'a affirmé qu'il ne se passerait rien. Le secteur a été ratissé il n'y a pas longtemps. De plus il m'a donné une fusée éclairante en disant : « Si tu as un problème, envoie la fusée. A trois kilomètres de la gare, il y a un petit poste. Les gars viendront aussitôt. Vous ne risquez rien ! »
— Tu parles ! Trois kilomètres ! On a tout le temps de se faire zigouiller ! On ferait mieux d'aller là-bas tout de suite !

Les soldats se sont groupés autour du caporal, l'air inquiet. Ils serrent leur fusil en jetant des coups d'œil furtifs vers les buissons agités par le vent.

Les ombres s'allongent sur le sable. Les cris lugubres d'un vol de gangas les font sursauter.
— Allons, pas d'affolement ! On peut se défendre, tout de même ! affirme le caporal.
— Comment ? T'es cinglé. On n'a jamais tiré que sur des cibles et on a presque pas de

cartouches ! réplique un soldat d'un air furieux.
— Mais il ne se passera rien. Je vous l'affirme ! On va prendre la garde à tour de rôle. Les gars d'El-Oued arriveront très tôt demain matin. Une nuit à la belle étoile, c'est pas la mer à boire !
— Une nuit c'est long ! Moi je pense qu'il faut rejoindre le poste immédiatement ! répond le soldat en ramassant son paquetage.
— C'est vrai ça ! ajoute un autre. Ta fusée, c'est de la blague !
— Non et non, nous resterons ici. Les ordres sont de rester ici et ce poste, nous ne savons même pas dans quelle direction il se trouve. La nuit va tomber, on risque de se perdre. De toute façon c'est moi qui commande. Installons-nous ici, allumons un petit feu pour réchauffer notre café. Les fellouzes ne vont pas surgir de terre tout de même ! A la moindre alerte j'envoie la fusée !

A contrecœur les soldats laissent retomber leur paquetage et commencent à ramasser des brindilles. Le caporal dit alors au jeune garçon :

— Viens avec moi. On va jeter un coup d'œil à cette gare.

Et il entraîne l'adolescent vers le petit bâtiment qui émerge vaguement de la nuit.

La gare paraît complètement abandonnée. Une de ses portes, brisée, bat dans le vent. Les murs gardent de longues traces d'incendie.

— Elle a dû être attaquée, murmure le caporal. Les fellouzes ne reviendront plus par ici. Viens, on dormira dehors. Le sable sera plus agréable que ce béton !

Et le caporal cogne du talon contre le sol qui résonne lugubrement sous la voûte noirâtre.

Dehors, les étoiles luisent comme de grosses boules de neige. On pourrait presque les prendre dans ses mains. Le caporal lève la tête :

— Il est beau ton pays ! J'en rêvais souvent lorsque j'avais ton âge et dire que c'est à cause de cette guerre que je suis ici !

Le caporal s'est assis au bord du quai. Il fait couler un peu de sable dans ses mains. A une vingtaine de mètres, la flamme du petit feu éclaire à peine les silhouettes des soldats accroupis sur le sable. Lakdar s'est approché du caporal. Il regarde, lui aussi, très loin, dans la nuit.

La guerre, il la connaît depuis si longtemps, depuis toujours. La guerre : des soldats qui sautent des camions, distribuent des sacs de blé, du chocolat, de l'eau. Des soldats maîtres d'école, infirmiers. Des soldats qui hurlent, alignent les habitants du village contre les petits murs de terre rouge, fouillent les maisons, enfoncent leurs mains dans les couffins, courent dans tous les sens, obligent les hommes à monter dans les camions, et les femmes pleurent. Parfois il entendait sa mère chuchoter à l'oreille d'une voisine. Elle parlait de son père, parti depuis des mois. Il la questionnait. Elle répondait évasivement :

— Ton père est là-bas, avec les frères.

Et elle indiquait un point, très loin, du côté des montagnes. Lakdar avait alors envie de le rejoindre, puis il oubliait et allait avec les copains vendre son eau, le long de la voie de chemin de fer.

— Alors, tu rêves ? Dis-moi ton nom, maintenant que nous sommes seuls.

— Lakdar, je m'appelle Lakdar, et toi ?
— Jean-Paul, mais je préfère : caporal.
— Tu viens de loin, caporal ?
— De Nice. C'est une belle ville, au bord de la mer, juste en face de ton pays. Là-bas c'est le même ciel qu'ici, la même douceur, les mêmes parfums... J'étais mécanicien dans un garage et puis les événements d'Algérie ont éclaté ! J'ai été appelé au service militaire, j'ai dû partir... Allez, debout ! On va boire une bonne tasse de café. Il commence à faire froid.

Près du feu les soldats essaient de faire chauffer de l'eau dans un bidon. Le bidon, mal équilibré sur deux pierres, se renverse en fumant. Lakdar se précipite.

— Pas comme ça, militaires !

Rapidement il rassemble les braises en un petit tas brûlant, remplit le bidon et l'enfonce profondément au milieu. Bientôt l'eau chantonne.

— Tu t'y connais mieux que nous, dit un soldat en lui tendant un quart.

Le caporal sort un harmonica et joue, penché vers les braises. Les soldats s'enroulent dans leur burnous et s'allongent sur le sable. La lune monte dans le ciel, éteignant les étoiles une à une. Le caporal lance un burnous à Lakdar, recroquevillé près du feu qui s'éteint. Un âne brait, très loin derrière les dunes. Peu à peu les hommes s'endorment.

La sentinelle, appuyée sur son fusil, veille patiemment dans la nuit.

***

Une aube rose et légère monte derrière les dunes. Le soleil bondit à l'horizon, poussant devant lui une vague de lumière qui atteint bientôt le campement. Lakdar se réveille. Enveloppé dans le grand burnous bleu qui traîne à terre, il s'efforce de rallumer le feu en soufflant sur les braises. Il jette dessus quelques branches très sèches. Elles s'embrasent aussitôt en lançant de longues flammes bleues. Des soldats ouvrent un œil et se lèvent en s'étirant. Une nuée de mouches se collent sur leur chemise humide. Lakdar s'éloigne du groupe, gravit péniblement la pente d'une rhoraffa* et disparaît de l'autre côté.

Seul, loin des soldats, il s'agenouille dans le sable, se relève, s'agenouille encore, touche le sol de son front et reste prosterné. De tout son cœur, il prie Dieu. Dieu présent comme ce soleil qui monte dans le ciel.

Une paix joyeuse se dégage des dunes. Des corbeaux rament très haut dans le ciel. Le sable légèrement humide garde des traces de gerboises et de fennecs. Lakdar se redresse, et ce matin lumineux entre en lui avec une telle force que des larmes lui montent aux yeux. Soudain il aperçoit un énorme nuage de sable qui roule à l'horizon. Il redescend la dune en bondissant et en criant :

— Les voilà, les voilà !

Près du feu les soldats se redressent, saisissent leur arme. Le caporal court à sa rencontre et lui demande avec anxiété :

— Qu'est-ce qu'il y a ?

— On vient, par là !

Et Lakdar désigne un point, vers l'est.

* Rhoraffa : dune de sable géante.

— Qu'est-ce que tu as vu ?
— Un nuage de sable.
— Les fellouzes ! dit un soldat en armant son fusil.
— Mais non, les fellouzes ne se font pas voir. Un nuage de sable, des camions, ce sont les nôtres, les gars d'El-Oued. Les fellouzes n'ont pas de véhicules, repose ton fusil !

3

Bientôt deux 6 × 6* débouchent des dunes et foncent vers la gare. Le chauffeur de la première voiture porte d'énormes lunettes et son voisin un képi bleu clair. Les passagers, à l'arrière, sont alignés face à face, le fusil entre les jambes. Ils se balancent en tous sens comme des roseaux pris dans le vent. Les 6 × 6 cabriolent entre les touffes de drinn comme des chevaux sauvages, puis freinent à quelques mètres de la gare. Le soldat au képi bleu saute à terre, soulève ses lunettes et marche d'un pas ferme en direction des jeunes appelés.

* Camion tout-terrain transportant douze hommes, six de chaque côté.

— Bonjour, alors c'est vous les bleus ? Pas d'ennuis ?

Le caporal s'est avancé. Il salue, la main au calot :

— Bonjour, mon lieutenant. Non, pas d'ennuis, mais on est contents de vous voir, une nuit dans ce bled perdu nous suffit !

— Alors en route. Il y a beaucoup de chemin à faire. Je voudrais être arrivé à El-Oued avant la nuit. Mais qui c'est celui-là ?

Le lieutenant s'est tourné vers Lakdar, accroupi près du feu.

— Lakdar, lui répond le caporal, un petit Arabe qui est descendu du train avec nous.

— Mais je croyais qu'il n'y avait que des militaires dans ce train. Pourquoi ce gosse est-il resté avec vous ? Que s'est-il passé ?

Alors le caporal raconte toute l'histoire. A la fin le lieutenant part d'un grand rire et demande :

— Mais qu'est-ce que je vais faire de lui, maintenant ?

— Il va reprendre le train dans l'autre sens, mon lieutenant !

— Le train, quel train ? Il n'y aura plus de

train pendant un bon bout de temps. Ils ont fait sauter la voie du côté de Touggourt.

Lakdar relève vivement la tête. Il regarde le caporal. Celui-ci fait un pas dans sa direction et dit au lieutenant, d'une voix mal assurée :

— On pourrait peut-être l'emmener avec nous ? Le temps de réparer la ligne. Il est malin, il pourrait rendre service à la cuisine ou ailleurs.

— Pourquoi pas ! On a toujours besoin de main-d'œuvre au bordj. Ce gosse nous coûtera pas bien cher !

Et s'adressant à Lakdar, il ajoute :

— Tu as entendu, mon garçon ? Décide-toi vite, nous partons.

Et il regagne son siège, à l'avant du 6 × 6.

Les soldats ramassent leur paquetage. Le caporal donne un grand coup de pied dans le feu et s'approche de Lakdar.

— Alors, qu'est-ce que tu fais ?

Lakdar réfléchit à toute vitesse. Sa mère doit être folle d'inquiétude, mais ses deux copains ont dû la prévenir et lui raconter son aventure. Elle l'attendra bien encore quelques jours et puis, il n'y a pas d'autres solutions. Il ne peut pas rentrer à pied quand même, ou attendre plusieurs jours dans cette gare lugubre.

— Alors, tu te décides ! Le lieutenant s'impatiente. Que fais-tu ?

— D'accord, je viens avec toi, caporal, mais pour quelques jours seulement. Tu me promets, quelqu'un me ramènera au train ou chez moi. Tu promets, caporal ?

— Mais oui, mais oui. Allez viens !

Les soldats jettent leur sac dans les camions, se tassent sur les banquettes. Lakdar en montant dans l'un des 6 × 6 a la surprise de constater qu'à l'arrière tous les soldats sont des Arabes. L'un d'entre eux lui fait un imperceptible « salām », mais les autres paraissent l'ignorer. Lakdar s'assoit directement sur le plancher, entre les jambes et les crosses de fusil.

Le lieutenant crie :

— En avant : cramponnez-vous, les bleus !

Les voitures démarrent en soulevant un nuage de sable. Elles bondissent à l'assaut des petites dunes, décollent, retombent, glissent. Les chauffeurs embraient, débraient, accélèrent, freinent, avalent les pentes à toute vitesse pour ne pas s'enliser. Les harkis, imperturbables, semblent coller à leur banquette. Les bleus s'agrippent aux ridelles, basculent les uns sur les autres, tombent au fond des camions en éclatant de rire et en gueulant des grossièretés. Lakdar, accroché aux jambes d'un des passagers, est ivre de bonheur. Dans une petite plaine étroite, les deux 6×6 font la course. Ils se doublent, se frôlent. Les hommes hurlent pour encourager leur chauffeur. Lakdar s'est dressé et debout, serrant à pleines mains les ridelles, il jouit avec délices de cette course folle. Les camions vont droit devant eux, comme le vent, sans se soucier des obstacles, libres dans le soleil qui baigne toute la terre.

Peu à peu le jeu se calme. Les Français, fatigués, glissent de leur banquette et s'endorment sur le plancher des camions, secoués comme des sacs de farine. Vers midi les voitures s'arrêtent. Les harkis sautent à terre, construisent un feu et préparent le thé. Ils tirent de leur sac des kesseras, sortes de galettes blanches couvertes de cloques noires, et en distribuent un morceau à chacun, en même temps qu'un verre de thé brûlant.

Quelques hommes se sont agenouillés dans le sable.

— Mais qu'est-ce qu'ils font ? demande le caporal à Lakdar qui somnole près du feu.

— Qui ?

— Les harkis, là-bas, agenouillés !

— Les harkis ?

— Mais oui, Lakdar, on dit « harkis » pour désigner les Arabes qui combattent avec nous. Alors, qu'est-ce qu'ils font ?

Lakdar part d'un grand éclat de rire et répond :

— Ils font pipi !

— Pipi ?

— Mais oui, caporal ! Essaie de faire pipi, dans un vent pareil, avec un grand saroual et une large gandoura. Tu verras, c'est la meilleure façon !

Après une pause rapide, les soldats repartent dans la chaleur et les odeurs d'essence. Le soleil décline lentement dans une vapeur rouge. Parfois les camions croisent quelques dromadaires accompagnés d'un berger en kachabia blanche. Les bêtes, graves et lentes, tournent la tête un instant, remuent la mâchoire en montrant leurs dents jaunes et passent, hautaines, en balançant leur bosse maigre. Enfin des touffes vertes apparaissent à l'horizon, puis les premières maisons d'El-Oued, posées sur le sable comme des poteries fragiles.

— On arrive, les gars, courage ! Plus que quelques kilomètres ! crie le lieutenant.

Les soldats se sont redressés et tout endoloris regardent la grande mosquée qui flotte, blanche et vibrante, sur un ciel bleu acier. Les camions ralentissent à l'approche des premières maisons carrées, couvertes de coupoles en terre rose. Les 6 × 6 font des zigzags entre les ânes chargés de lourds couffins, évitent les enfants qui courent dans tous les sens, frôlent des femmes portant sur la tête de lourds régimes de dattes. Les hommes, accroupis sur le seuil des portes, les regardent passer d'un œil indifférent. Enfin, débouchant sur une petite place, les 6 × 6 s'approchent d'un bordj blanc aux murs crénelés comme un château fort. Sa lourde porte est ouverte. L'entrée en est simplement défendue par des rouleaux de fil de fer barbelé. Deux sentinelles, en saroual noir et veste blanche, s'empressent d'ouvrir la barrière devant les véhicules. Les voitures s'immobilisent dans une immense cour bordée de nombreux bâtiments à petites fenêtres. Des soldats accueillent les arrivants à grand renfort de cris et de plaisanteries. L'un d'entre eux, un gros, en maillot de corps et short kaki, hurle depuis la porte des cuisines :

— Alors les bleus, pas trop mal aux fesses ?

Le capitaine du bordj, un colosse à moustaches rousses, jaillit d'un petit bureau et fonce vers le lieutenant.

— Pas d'ennuis, lieutenant Papelart ? Vous nous ramenez les bleus sains et saufs ?

— Oui, mon capitaine. (Et il salue d'un geste large.) Nous ramenons aussi un passager clandestin, ajoute-t-il en désignant Lakdar qui vient de sauter d'un camion.

— Un passager clandestin ? Qu'est-ce que vous voulez dire ? Vous laissez un étranger entrer dans le bordj !

— Ce n'est qu'un gosse, mon capitaine. Je vais vous expliquer.

— Même les gosses sont dangereux ! D'où vient-il ? Je veux tout savoir sur cet oiseau-là.

Avec les fellaghas il faut se méfier ! Qu'il s'approche !

Lakdar, terrorisé, n'ose faire un mouvement.

— Alors ça vient ! répète le capitaine.

Le caporal pousse Lakdar d'une bourrade dans le dos et lui murmure rapidement :

— Vas-y, tu n'as rien à craindre. Raconte clairement ton histoire. Je viendrai te soutenir s'il le faut.

Lakdar fait un pas en avant mais n'arrive pas à prononcer un seul mot.

— Tu as perdu ta langue ? Tu ne connais pas le français ? Je vais te faire foutre dehors illico si tu ne réponds pas immédiatement, tonne le capitaine dont les moustaches frémissent.

Lakdar reste toujours muet, alors le caporal se lance en avant, salue et dit :

— Caporal Ruozzi, mon capitaine, j'arrive d'Alger. C'est moi qui ai fait monter le jeune Lakdar dans le train.

Et, sans laisser au lieutenant le temps d'intervenir, il raconte ce qui s'est passé. A la fin du récit le gros ventre du capitaine et son képi bleu ciel sont secoués par un rire énorme. S'adressant à Lakdar il dit d'un ton radouci :

— Si je comprends bien, mon garçon, tu as été enrôlé de force dans l'armée française. Ce qui est fait est fait. Je ne veux pas te renvoyer seul, alors que tu es si loin de chez toi. Je t'autorise donc à rester ici jusqu'à ton prochain départ pour El-Kantara. Mais je te défends de sortir du bordj ! Tu as bien compris ? Sinon je te flanque au niouf.

Lakdar paraît ne rien comprendre. Désemparé, il se tourne vers le caporal, puis vers le lieutenant.

— Expliquez-lui, Papelart, en voilà assez avec ce gosse. Les bleus, je vous verrai demain pour décider de vos affectations, quant aux harkis, deux jours de permission avant de repartir en patrouille. Allez, rompez !

Tout heureux de revoir bientôt leur famille, les harkis se précipitent vers l'armurerie pour y déposer leur fusil. Les bleus restent groupés autour des camions. Le lieutenant saisit le bras de Lakdar.

— Tu as compris le capitaine ? Il se méfie de toi. Tu dois rester à l'intérieur du bordj, sinon c'est le niouf. La prison, quoi. Fais ce qu'on te dit. Tu m'as causé assez d'ennuis comme ça. Et toi, Ruozzi, veille à ce qu'il se tienne tranquille.

Lakdar se raidit et ne répond rien. Après le départ du lieutenant, il murmure au caporal :

— Tu m'as menti. Je suis prisonnier ici et je ne sais même pas quand je rentrerai chez moi.

— Mais non, n'exagère pas. Tu peux circuler dans le bordj et si je suis affecté au garage tu viendras travailler avec moi, je te le promets.

Un sergent-chef, très grand, très maigre, aux yeux très bleus, ordonne aux jeunes appelés :

— Prenez votre paquetage, votre arme et suivez-moi. Je vais vous montrer votre chambrée.

Lakdar emboîte le pas aux soldats, mais le sergent-chef l'arrête d'un geste :

— Non, pas toi. Tu restes ici. On verra plus tard où te loger.

Les bleus, à moitié endormis, et traînant leur barda, se dirigent vers un bâtiment au fond de la cour. Lakdar reste seul. La nuit va bientôt tomber. Au loin il entend la voix du muezzin qui appelle à la prière. Il n'ose pas s'agenouiller dans le sable, sous le regard des soldats. Une envie folle de fuir lui monte dans les jambes. Il voudrait crier, courir, échapper aux murs crénelés et gagner les grands palmiers si calmes, là-bas, qui se balancent sur l'horizon encore rouge. Il va bondir. Une voix amicale l'arrête.

— Lakdar, viens donc manger un morceau, tu dois être affamé !

C'est le soldat en maillot de corps. Il l'interpelle depuis la cuisine.

Réconforté, l'adolescent s'approche. Depuis hier soir il n'a rien avalé qu'un bout de kessera. Une faim féroce le tire en avant. Il suit le cuistot dans une pièce sombre où règne une douce chaleur. Des fourneaux luisent sous les voûtes blanchies à la chaux.

— Assieds-toi et mange !

Le cuistot lui tend une boîte de sardines et un morceau de pain. Avec les doigts, Lakdar étale les sardines sur le pain et mastique en silence.

— J'ai entendu ton histoire, tout à l'heure dans la cour. Elle est plutôt marrante. Tu en auras des choses à raconter et puis, chez nous, tu mangeras mieux que chez toi, j'en suis sûr ! Reviens me voir demain. J'aurai du boulot pour toi, si tu t'ennuies.

Lakdar remercie d'un signe de tête, la bouche pleine. Soudain quelqu'un crie depuis l'entrée :

— Hé ! Liebert, c'est toi qui as kidnappé le gosse ? Je le cherche partout !

— Il est là, chef Mortier. Il mange. Le pauvre était affamé !

Le sergent-chef entre dans la pièce et dit en cherchant à percer des yeux la demi-obscurité :

— Bon, il logera sous la guitoune des harkis. Elle est presque vide. Les uns sont en patrouille, les autres en perm. Il n'embêtera personne. Le vieux Ahmed s'occupera de lui.

Le sergent-chef s'est approché de la table où Lakdar mange de plus en plus lentement. Le sergent-chef lui dit d'une voix dure :

— Allons, dépêche-toi ! J'ai pas que ça à faire. Suis-moi !

Lakdar se lève avec réticence, passe devant le cuistot qui lui fait un imperceptible clin d'œil et sort derrière le sergent-chef.

Ils se dirigent vers une grande tente kaki, plantée contre l'un des murs d'enceinte. Les flancs de la tente sont relevés et Lakdar peut voir une quinzaine de lits en fer, serrés les uns contre les autres.

— C'est là que tu dormiras. Ahmed t'indiquera ton lit. Surtout ne sors pas du bordj, tu as entendu le capitaine !

Puis il crie, avant de disparaître dans la nuit :

— Ahmed, Ahmed. Vlà de la compagnie pour toi !

4

Un vieux harki, habillé d'un blouson militaire délavé et d'un saroual kaki, s'avance lentement vers l'entrée de la tente et accueille Lakdar.

— Bonjour, mon fils. Que Dieu te bénisse. Entre donc.

Lakdar pénètre dans la tente où se mêlent encore des odeurs d'essence, des relents de cuisine et de sueur. Il s'assoit sur un lit. Le vieux harki s'installe en face de lui et demande d'une voix étouffée :

— Mais qu'est-ce que tu viens faire ici ? Je ne te connais pas. Tu n'es pas d'El-Oued. Qu'est-ce qui t'arrive ? Tu veux t'engager chez les Français ?

— Mais non. Ce n'est pas moi qui ai voulu venir ici. Les soldats m'ont emmené de force.

Et Lakdar raconte à nouveau son histoire.

Le vieux écoute en hochant la tête.

— Je comprends, je comprends, mon fils. Tu dois avoir hâte de retourner chez toi. Prends patience. Tu finiras bien par retrouver ton village. Moi il y a si longtemps que j'attends la fin de tout ça...

— Tout ça quoi ?

— Ces événements, la guerre ! On était si tranquilles avant. Maintenant nous voilà déchirés entre... entre. Enfin, c'est pas des histoires pour les enfants.

— Pourquoi ? Vous croyez que je ne sais rien, vous croyez que je ne comprends rien ! Je me demande surtout pourquoi, pourquoi vous...

— Vous travaillez avec les Français. C'est ça, hein ?

— Oui ! Je n'ai pas osé le demander aux harkis, dans les camions. Il y avait des Français. De toute façon, les harkis ne m'ont même pas regardé, personne n'a voulu parler avec moi. Ils ont peut-être cru que j'étais un prisonnier ! Alors, pourquoi vous êtes avec les Français ?

— Tu sais, les Français nous donnent trente

mille francs* par mois pour travailler avec eux. C'est une somme. Avec ça on peut faire vivre toute sa famille. Pour un vieux comme moi, qui n'a même pas une petite boutique ou quelques palmiers-dattiers pour vivre, c'est impossible de faire autrement et puis, les Français, il y a si longtemps qu'ils sont chez nous, pourquoi voudrais-tu que ça change ? Pourquoi changer, contre quoi ? On est des Chambas nous, et les Arabes du Nord, ceux d'Algérie, on les connaît pas. Alors... tu comprends ! Il faut bien vivre... Tu comprends ?

— Non, non. Mon père lui...

Lakdar s'arrête brusquement et ajoute, après un temps de silence :

— Mais qu'est-ce que vous faites, ici ?

— On monte la garde, on patrouille dans la région, on entretient les camions, on fait des corvées. Tu pourras nous aider, en attendant de regagner ton village. Pour l'instant je suis seul, mon peloton est parti vers le sud, le long de la frontière tunisienne. Il reviendra

* A cette époque, on comptait encore en anciens francs.

dans quelques jours. Moi je suis trop vieux pour ces grandes balades. Je rends service ici.

La voix du caporal, à travers la toile de tente, fait sursauter l'adolescent.

— Lakdar, tu viens avec nous ? Je t'offre quelque chose à boire en l'honneur de notre arrivée au bordj.

L'adolescent sort rapidement de la tente et rejoint le caporal qui ajoute en riant :

— Un coca-cola ou un jus de fruits, c'est encore meilleur que l'eau de ta gargoulette.

Lakdar sourit, heureux de retrouver son ami. En route il lui demande :

— Tu sais quand je pourrai repartir ? Et demain, est-ce que je commencerai à apprendre la mécanique avec toi ?

— Je n'en sais rien mais demain je reviendrai, c'est promis ! Allez, oublie tout ça, maintenant on va s'amuser.

La nuit est complètement tombée. Les murs blancs du bordj se découpent avec netteté sur le ciel violet. De temps en temps le braiment déchirant d'un âne fait battre le cœur. L'ombre des sentinelles avance sur le sable.

Lakdar avale rapidement son jus de fruits. Autour de lui, les jeunes soldats ingurgitent bière sur bière. Un peu saouls, ils commencent à crier, à chanter. Lakdar se sent mal à l'aise dans ce tapage. La fumée âcre des « caporal » lui pique les yeux. Il chuchote à son ami :

— Je vais me coucher. Je suis fatigué, à demain.

Avec soulagement Lakdar retrouve le calme de la grande cour et le ciel immense où les étoiles claires dérivent lentement. Il se glisse sans bruit sous la tente et s'allonge sur un lit. Ahmed lui a trouvé une couverture. Il la tire sur sa poitrine et les mains sous la tête, les yeux grands ouverts fixés sur la barre transversale de la tente, il réfléchit : « Si demain le caporal ne me ramène pas à El-Kantara ou près de la voie de chemin de fer, je m'enfuis ! Je ne vais tout de même pas moisir ici, enfermé dans cette cour avec ce vieux harki... Mais le caporal doit m'apprendre la mécanique, ça pourrait me servir. Et que dirait mon père de tout ça ? Il n'aimerait pas me voir ici, avec ces Français. Je dois partir... mais comment ? Et puis la mécanique c'est bien, c'est un bon métier, alors que vendre de l'eau ! Ah ! si je pouvais conduire un de ces gros camions, à toute vitesse... »

Peu à peu Lakdar s'endort, en se tournant et se retournant sur son matelas.

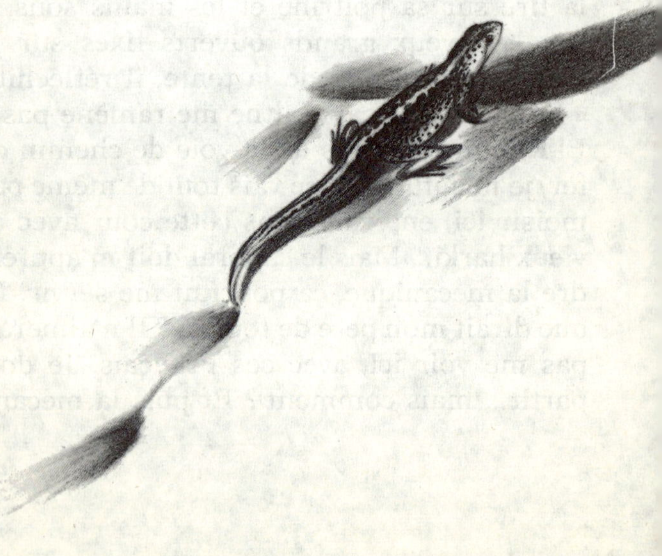

5

Une violente sonnerie de clairon le réveille brutalement. D'un air effaré, il tourne la tête à droite, à gauche, ne sachant plus très bien où il est. Du pied il cherche le sol. Allongé sur le lit d'en face, Ahmed sourit.

— Ça surprend, hein, de se retrouver dans un lit alors qu'on a toujours couché par terre. Moi, la première fois, je suis tombé en voulant me lever trop vite. Allez debout ! On va boire le caoua pendant que les Français sont au rassemblement.

Ahmed et Lakdar se dirigent vers la cuisine. Le cuistot, toujours dans le même uniforme, verse de l'eau dans une gigantesque cafetière à robinet.

— Tiens, te voilà mon gars, bien dormi ?

Salut, Ahmed. Installez-vous. Je vous donne le café et les sardines.

— Encore des sardines ! soupire Lakdar en se tournant vers Ahmed.

— Pour nous c'est très bien, tu sais. Les Français mangent n'importe quoi, tout ce qui est allouf* par exemple. Avec les sardines on est sûr. Quand les autres harkis sont là on se fait notre cuisine, dans la cour, le long du mur, c'est mieux !

Et Ahmed croque dans son sandwich avec appétit. Lakdar l'imite en faisant la moue. Le cuistot, les bras chargés de boules de pain, leur dit en passant près de la table :

— Allez-vous-en maintenant, les bleus vont arriver. J'ai besoin de toute la place.

Les Français surgissent en braillant, en chahutant et tendent leur quart au cuistot.

Lakdar croise le caporal qui lui dit rapidement :

— Viens au garage dans une demi-heure. C'est la grande porte à gauche de l'entrée. Je dois changer le moteur d'un 6 × 6, tu m'aideras. C'est d'accord avec le lieutenant.

* Allouf : cochon en arabe.

Dans le garage flotte une lourde odeur d'essence et d'huile de vidange. Le sable est souillé de larges taches de graisse. Sur les établis, collés le long des murs, s'entassent toutes sortes d'outils. Lakdar entre avec précaution. Encore ébloui par le soleil, il ne distingue rien et crie :

— Caporal ! Caporal !

Une silhouette, torse nu, en short kaki, sort la tête d'un moteur et lui répond de loin :

— Par ici Lakdar, avance vers le fond. Je suis là !

Lakdar s'enfonce dans l'ombre. En se dirigeant vers le caporal, il bute contre un corps étalé sous une voiture. Une voix furieuse hurle :

— Tu peux pas faire gaffe !

Une tête surgit d'entre les roues d'un camion en vociférant :

— Qu'est-ce que tu viens foutre ici, espèce de bougnoule ? Y a pas de chameau à réparer ici !

Lakdar réprime une envie folle de lancer un coup de pied à ce visage coléreux qui l'insulte. Il hausse les épaules et poursuit son chemin. Au fond du garage, il découvre le caporal toujours plongé dans son moteur. Il lui frappe sur l'épaule. Le caporal se redresse, s'essuie les mains.

— Ah, te voilà ! Je vais t'expliquer ce que je fais. Je t'indiquerai à chaque fois le nom de la pièce ou de l'outil que je touche. Retiens bien et répète après moi. Tu vois, ça c'est le carburateur, là-devant, le ventilateur...

Bientôt Lakdar a tout oublié de son village, de la guerre, du petit bordj aux murs blancs et des paroles du soldat qui, tout à l'heure, l'ont tant blessé. Les mains pleines de cambouis, le chèche en bataille, le front sali, il passe les outils au caporal et l'aide à démonter le moteur du camion.

Après trois bonnes heures de travail, les deux hommes s'arrêtent.

— Tu comprends vite Lakdar, c'est bien ! Tu pourras faire un bon mécano si tu continues comme ça. Tu sais, la mécanique, c'est l'avenir dans ton pays. Les transports vont se développer avec la recherche pétrolière. La guerre ne durera pas toujours. Tu pourras peut-être te faire embaucher sur un grand chantier, du côté d'Hassi-Messaoud. Tu gagneras bien ta vie.

Lakdar enlève son chèche, s'essuie la figure d'un revers du bras et reste un moment immobile, les yeux perdus dans le vague. Il se voit déjà au volant d'un de ces énormes camions qu'il a vus passer à El-Kantara. C'est sa mère et ses sœurs qui en feraient une tête, s'il revenait à la maison avec beaucoup d'argent ; de quoi acheter des chèvres, des moutons, des robes multicolores et un gros transistor ! Tout excité, il dit au caporal :

— Allez, on continue. Faut que j'apprenne !

— Doucement, doucement mon gars ! Je suis fatigué, moi ! Je ne suis pas payé bien cher pour travailler. Vingt-six mois d'armée sans recevoir de vraie paie, ça sera long, tu sais ! On va d'abord aller déjeuner et après on continuera.

Le caporal enfile sa chemise, Lakdar enroule son chèche, et ils sortent dans la belle lumière.

⁂

Après le repas, Lakdar et le caporal replongent les mains sous le capot du 6×6. Bientôt ses entrailles sont étalées sur une bâche.

— Il ne reste plus qu'à lui boulonner un cœur neuf ! dit le caporal en se redressant et...

La sonnerie éclatante d'un clairon l'arrête.

Le soldat qui travaille aussi dans le garage gagne la lisière de l'ombre, regarde dans la cour et s'étonne :

— La sonnerie pour le rassemblement à cette heure-ci, c'est bizarre ! C'est pourtant pas la fin de la journée !

La sonnerie éclate de nouveau, cassante, précise :

— C'est bien un appel pour le rassemblement. Faut y aller !

Et l'homme se précipite dans la cour. Les soldats sont déjà alignés en face du drapeau. Le caporal se met à courir pour rejoindre son peloton. Lakdar s'appuie contre un mur encore chaud et regarde de loin. Le capitaine sort d'un petit bâtiment surmonté d'une immense antenne. Il salue les hommes et dit d'une voix inquiète :

— La patrouille qui remontait vers la frontière tunisienne a été accrochée par une bande de rebelles. Un chauffeur et deux harkis sont blessés, un 6×6 immobilisé. Leur radio vient de nous prévenir. Il faut y aller. L'hélicoptère est déjà en route pour évacuer les blessés. Lieutenant Papelart, vous partez immédiatement avec le 2e peloton, y compris les bleus qui viennent d'arriver. Allez, rompez, et fissa !

Lakdar s'est avancé d'un pas, atterré. Les bleus vont partir, le caporal va partir ! Il s'approche encore. Le capitaine l'aperçoit :

— Qu'est-ce qu'il fout ici celui-là ! File sous ta tente et restes-y ! Sergent, vous me l'expédierez à Touggourt avec le prochain convoi d'aouine*, la semaine prochaine !

Avant de gagner sa chambrée pour préparer ses affaires, le caporal se tourne vers Lakdar et lui dit rapidement :

— Je ne peux rien faire pour toi ! Je vais revenir dans un ou deux jours. Sois patient !

— Mais tu m'avais dit que je rentrerais avant la fin de la semaine. Et la mécanique ?

* Aouine : le ravitaillement.

— J'y peux rien, Lakdar, c'est le capitaine qui commande.

Et le caporal court rejoindre ses camarades.

Lakdar se laisse tomber le long du mur, plonge la tête dans ses bras. Une main amicale lui tapote l'épaule :

— Allons, courage, fils. Tout ça finira par s'arranger, si Dieu le veut ! Je reste avec toi et puis, le caporal reviendra.

Ahmed relève Lakdar et l'emmène sous la tente. L'adolescent se laisse tomber sur un lit, reste prostré quelques instants, puis se redresse en criant :

— Je veux retourner chez moi, tout de suite ! Je ne veux pas rester ici prisonnier. Ma mère et mes sœurs m'attendent ! Je ne veux plus rester avec les Français !

Et il ajoute plus bas :

— Ahmed, aide-moi à m'enfuir.

— Mais tu es fou, tu es fou ! Allons, calme-toi. Ne dis pas des choses pareilles. Je suis vieux, moi, et j'ai encore une famille à m'occuper. Je ne peux rien faire pour toi. Pendant que le caporal est parti, tu aideras le cuistot. C'est un brave homme, il nous aime bien.

— Il nous aime bien ! Un soldat m'a traité de bougnoule ce matin, dans le garage.

— Les Français ne sont pas tous comme ça, la preuve ton copain le caporal.

Dehors des moteurs rugissent. Lakdar se précipite. Trois 6×6 vibrent dans la cour. Les soldats sont déjà installés à l'arrière, face à face. Lakdar reconnaît les jeunes appelés du train. L'un d'entre eux se lève de la banquette pour lui faire signe. C'est le caporal. Il lui crie quelque chose, mais les moteurs couvrent sa voix.

Le capitaine parle un instant au lieutenant Papelart qui vient de sauter en voltige à l'avant du premier camion. Dans un nuage de poussière le convoi s'ébranle. Derrière lui les sentinelles referment rapidement le cheval de frise. Un silence effrayant s'abat sur le bordj. Lakdar reste pétrifié, les yeux rivés sur l'entrée. Son regard suit les murs que le soleil couchant teinte de rose. Il est seul et prisonnier !

Le sergent-chef s'approche et lui dit d'un ton sec :

— Allez ouste, sous la tente. Je ne veux pas te voir traîner dans la cour. Ahmed t'apportera à manger dans la guitoune. Tu partiras bientôt. Peut-être la semaine prochaine, avec les camions qui vont chercher le ravitaillement à Touggourt.

— La semaine prochaine ! Mais le caporal m'avait dit dans deux ou trois jours !

— Ici, c'est pas le caporal qui commande ! Allez, file sous la tente !

Lakdar serre les poings et rentre sous la guitoune.

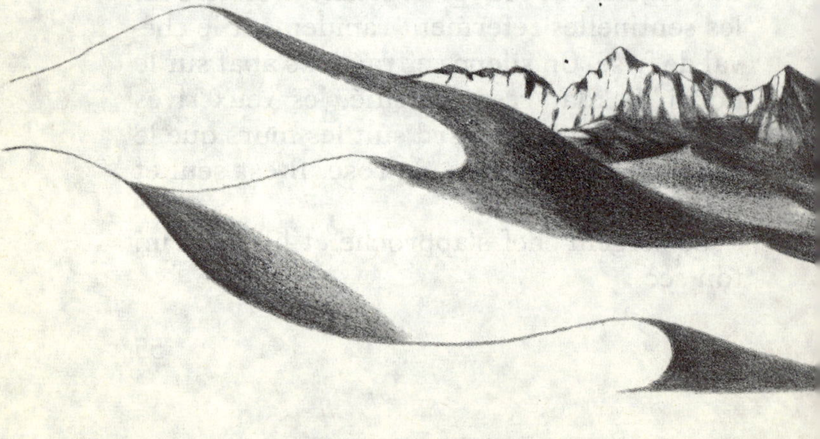

6

Par l'entrée de la tente, Lakdar examine longuement le bordj.

Celui-ci est presque vide et étrangement silencieux après l'agitation de tout à l'heure. Les deux sentinelles, à la porte, paraissent endormies. La lumière rasante donne un relief précis aux murs d'enceinte recouverts d'un enduit blanc-rose. Lakdar peut même distinguer la trace des doigts qui l'ont étalé sur toute leur surface. Les coupoles des maisons moutonnent au-dessus d'une mer rouge. Soudain Lakdar voit le blouson kaki d'Ahmed, qui traîne sur un lit. Il l'enfile précipitamment, remet en place son chèche, donne une tape à son vieux saroual et sort d'un pas ferme. Il longe le mur, s'approche de la porte. La cour est déserte. Il se dirige vers les sentinelles, les salue sans hésiter, comme il a vu faire le lieutenant, contourne le cheval de frise et sort du bordj. Les deux harkis lui ont rendu son salut, le prenant pour l'un d'entre eux partant en permission. Lakdar accélère le pas. Dans sa poitrine son cœur cogne, cogne, mais il ne veut pas courir. Pendant une ou deux minutes il marche, légèrement voûté, redoutant de recevoir dans le dos l'ordre fatal :

— Halte-là ! Reviens ou on tire.

Rien n'arrive.

S'estimant assez loin, il se met à courir, atteint rapidement les premières maisons de l'oasis, double des femmes en longues robes multicolores, bondit au-dessus des paniers d'un épicier en plein air, enfile ruelle après ruelle, sans regarder en arrière. Enfin il s'arrête dans l'ombre bienfaisante d'une porte. Appuyant la main contre sa poitrine, il cherche à réprimer les battements fous de son cœur. Il se calme peu à peu et continue son chemin, au hasard.

Il débouche sur la place du marché. Les paniers remplis de dattes, les pyramides de tomates, de poivrons, d'aubergines, de pastèques lui donnent une furieuse envie de manger. Il s'approche des étagères d'un boulanger. Des pains enfarinés, à la croûte dorée, l'attirent irrésistiblement. Il sort quelques pièces de son chèche et cherche le marchand du regard. Une enfant à la tête cachée par un grand foulard à fleurs jaunes surgit de derrière les étagères. Une longue robe colorée lui tombe jusqu'aux pieds. Elle regarde Lakdar bien en face et lui dit :

— C'est cinq francs un gros pain.

Les prunelles de ses yeux brillent comme deux petites dattes noires. Lakdar tend l'argent et prend un pain, sans dire un mot.

La fillette s'appuie des deux mains au bord de l'étagère, croise ses chevilles où tintent de fins bracelets d'argent et lui demande, en penchant la tête de côté :

— Je ne t'ai jamais vu au marché ! Tu viens d'arriver à El-Oued ?

Lakdar bredouille :

— J'arrive d'El-Kantara.

— D'El-Kantara ! Mais c'est très loin ! Tu es venu avec une caravane ou en voiture ?

Lakdar n'a pas envie de raconter son

histoire. Il va partir sans répondre quand, derrière lui, une grosse voix le cloue sur place.

— Mais à qui parles-tu, Farida ?

Il se retourne. Un homme solide, coiffé d'un grand chapeau à large bord orné de feutrines multicolores, est planté à quelques mètres de lui.

Farida répond :

— Mais père, je demandais à, à... d'où il venait. Je ne l'ai jamais vu au marché.

— Tu es bien curieuse, Farida.

Et se tournant vers Lakdar, l'homme ajoute : Tu as l'air fatigué. As-tu seulement quelque chose à manger avec ton pain ?

— Oui, oui, je vais aller acheter autre chose !

Et Lakdar fait semblant de fouiller dans sa gandoura.

— Tu es seul ? Tu as des ennuis ? demande l'homme avec un bon sourire.

D'un coup Lakdar n'en peut plus de fatigue, de solitude et de peur. Il dit à toute vitesse :

— Les soldats m'ont emmené jusqu'ici, depuis El-Kantara, mais je me suis sauvé !

Au mot « soldat », le visage de l'homme s'est durci.

Il murmure :

— Les soldats, encore les soldats !

Puis d'une voix très basse il demande encore :

— Pourquoi t'ont-ils emmené d'El-Kantara ?

Lakdar va répondre quand l'autre l'arrête d'un geste brusque !

— Non, pas ici, on peut nous entendre. Tu parleras à la maison. Je vais fermer la boutique. Veux-tu nous aider à rentrer les étagères ?

Le père de Farida verrouille la porte de sa minuscule boulangerie et, accompagné des deux enfants, s'enfonce dans les ruelles étroites qui cernent la mosquée. La foule, si dense tout à l'heure, a presque complètement disparu. Les maisons se ferment les unes après les autres, les bruits s'éteignent.

— Dépêchons-nous d'arriver à la maison avant le couvre-feu. La nuit va venir, dit le père de Farida en allongeant le pas.

Au loin le soleil embrase le sommet des palmiers-dattiers qui se découpent sur le ciel de plus en plus rouge.

— Entrons, c'est ici.

Le père de Farida pénètre dans une petite cour où poussent quelques lauriers roses et un grand eucalyptus. Autour du jardin, des pièces sombres s'ouvrent sur de fraîches arcades.

Le père de Farida referme rapidement la porte et dit à Lakdar :

— Assieds-toi, Farida va nous préparer un verre de thé et tu nous raconteras ton histoire.

Lakdar se laisse tomber sur les coussins étalés contre les murs, dans l'ombre des arcades.

A ce moment la voix du muezzin monte dans le crépuscule, appelant à la prière. Le père de Farida s'agenouille dans le sable de la petite cour. Lakdar s'est approché de lui. Tous deux se prosternent longuement et prient Dieu, dans la nuit paisible qui descend sur l'oasis. Après la prière, ils se relèvent. Le père de Farida saisit alors Lakdar par les épaules, l'embrasse et lui demande :

— Comment t'appelles-tu ?

— Lakdar.

— Moi, c'est Larbi. Tu me rappelles mon fils.

Farida, apporte donc le thé ! Bois, mon fils, et raconte !

Lakdar raconte et son cœur se libère. Pour la première fois depuis son départ, il ne se sent plus seul.

— La guerre, toujours la guerre ! murmure Larbi après un moment de silence.

Il fait un geste rageur. La théière se renverse. Farida se précipite :

— Ne t'inquiète donc pas, père, il reviendra bientôt !

— Qui ça ? demande Lakdar.

— Mon frère, il est parti avec...

— Tais-toi Farida !

Farida ramasse la théière et s'enfuit en pleurant. Un long silence isole les deux hommes. Lakdar tortille le bout de son chèche. Larbi, la tête baissée, semble parti bien loin. Enfin il regarde Lakdar.

— Et puis zut ! Je peux bien te le dire. J'ai confiance en toi. Mon fils est parti avec les frères pour lutter contre les Français. Je ne l'ai pas revu depuis des mois. Est-il seulement encore vivant ? Les soldats du bordj sont au courant et ils me surveillent.

— Mon père lui aussi est parti avec les frères et on ne l'a toujours pas revu.

Larbi s'est levé. Il dit en posant la main sur l'épaule de Lakdar :

— Je trouverai une solution pour que tu regagnes ton village. Je te le promets. Mange et dors, tu dois être épuisé.

Après avoir mangé une copieuse chorba, Lakdar s'allonge sur une natte. Il regarde les étoiles monter entre les coupoles et glisser lentement dans la nuit comme des feux au sommet de mâts invisibles.

7

Une robe légère frôle les jambes de Lakdar qui se réveille brutalement. Farida vient de poser près de lui, sur un grand plateau de cuivre, un verre de thé brûlant, une poignée de dattes et un morceau de kessera.

— Bois, mange. Mon père est au marché. Il reviendra peut-être avec de bonnes nouvelles.

— Voilà quatre jours que je suis parti. Ma mère doit me chercher partout. Il faut absolument que je retourne chez moi ! répond Lakdar en mordant dans une datte.

Vers midi, Larbi entre en coup de vent dans la petite cour pleine de soleil. Il dit en baissant la voix :

— Une caravane doit partir ce soir pour les montagnes de l'Atlas. Je connais son chef. Je lui ai expliqué qui tu es. Il est prêt à t'emmener avec lui.

Des fourmis montent dans les jambes de Lakdar qui s'écrie :

— Vivement ce soir !

Farida détourne brusquement la tête.

— Et combien de jours durera le voyage ?

— Au moins cinq jours, si vous marchez bien et si vous n'avez pas d'ennuis.

— Quel genre d'ennuis ?

— Est-ce que je sais ? Un vent de sable, des bêtes malades, ou les soldats ! répond Larbi en cassant un morceau de kessera qu'il mâche avec appétit. Il poursuit, la bouche pleine :

— Vous partirez à la nuit tombée pour profiter de la fraîcheur et pour ne pas être repérés.

— Pourquoi ? C'est défendu de quitter l'oasis ?

— Je ne t'en dis pas plus. Le chef de la caravane t'expliquera. Ne sors pas d'ici jusqu'à ce soir, c'est plus prudent. Les soldats te connaissent. Ils pourraient t'arrêter et te poser des questions. Au fait, le lieutenant français parlait de combien de jours pour réparer la voie de chemin de fer ?

— Trois ou quatre, je crois.

— Tant mieux. Les soldats vont être occupés pendant un certain temps. Ils relâcheront leur surveillance par ici. Vous pourrez passer tranquillement. Repose-toi encore, tu vas avoir beaucoup à marcher. Mais où est Farida ?

— Ici, père.

Et Farida sort de l'ombre en s'essuyant les yeux.

— Farida, tu resteras avec Lakdar. Aujourd'hui je me débrouillerai tout seul à la boulangerie. Prépare-lui quelque chose à manger.

Larbi marche vers la porte et ajoute, avant de disparaître :

— Je viendrai te chercher à la nuit tombée. Au revoir.

Aussitôt après le départ de son père, Farida dit à Lakdar :

— Tu t'en vas déjà ! On n'aura guère eu le temps de parler ensemble. Je suis si seule depuis la mort de ma mère et le départ de mon frère !

— Mais je reviendrai, je te le jure ! El-Kantara n'est pas si loin.

Lakdar prend Farida par la main. Il la fait tournoyer en riant. Ses longs cheveux noirs déferlent sur sa robe multicolore. Elle se dégage doucement :

— Si nous faisions une partie de dominos pour passer le temps ?

La journée coule lentement. Les deux enfants rient, bavardent, se taisent ou se regardent en alignant des kilomètres de dominos.

⁂

Les ombres rampent maintenant sur le sable frais. Les palmiers, enterrés dans d'immenses cratères afin d'être plus près de la nappe d'eau souterraine, se balancent, alanguis par le vent du soir. Dans leur ombre poussent toutes sortes de légumes, arrosés toute la journée par les puits à balancier, et des plants de tabac aux larges feuilles. Lakdar et Farida suivent Larbi qui marche d'un pas vif. Ils s'éloignent de plus en plus de l'oasis. Des ânes sortent des cratères, chargés de couffins remplis de sable. Un homme, en haut, les vide au fur et à mesure de leur arrivée.

— Il faut sans cesse remonter le sable, explique Farida, sans quoi, avec le vent, les ghouts — les trous — seraient vite comblés et les palmiers complètement enterrés.

— Taisez-vous, les enfants, et avancez plus vite. On nous attend là-bas, lance Larbi sans se retourner.

Le petit groupe escalade maintenant une énorme dune et disparaît de l'autre côté. Le soleil n'est plus qu'un ongle d'or à l'horizon.

Enfin, dans une petite cuvette cernée par d'immenses murailles de sable, Lakdar aperçoit une vingtaine de dromadaires accroupis. Des hommes, en djellaba courte, s'affairent autour des bêtes, fixent sur leur dos de larges couffins en poils de chèvre, arriment de lourdes caisses, attachent d'un coup sec les courroies qui retiennent les rahlas*. Les bêtes balancent leur immense cou de reptiles préhistoriques et mâchouillent vaguement en regardant dans le vide. De

* Rahlas : selles de chameau.

temps en temps, elles poussent un bref cri de mécontentement.

Larbi s'est approché d'un grand gaillard à la barbe épaisse, qui tient à la main un fouet aux lanières bleutées.

— Amar, je te présente Lakdar. Tu peux avoir confiance en lui. Son père est des nôtres.

— Salut, Lakdar. Tu es prêt à marcher pendant des heures et des heures, toute la nuit s'il le faut ? Ça sera dur, je te préviens ! Le jour, rassure-toi, nous ne marcherons guère, surtout si les avions sont de sortie !

— Je tiendrai le coup, répond Lakdar.

Les hommes achèvent le chargement des dromadaires qui se lèvent en protestant. Enfin debout, les bêtes redressent la tête. Les jambes écartées, elles regardent fièrement l'horizon, tout en mâchonnant leur éternelle chique.

— Nous allons partir, tout est prêt. Lakdar, dis au revoir à tes amis.

Et Amar fait claquer son fouet.

Les hommes saisissent l'arzéma, la rêne unique de leur dromadaire, et quittent la cuvette, les uns derrière les autres.

De loin Farida fait un petit signe à Lakdar. Il s'approche et murmure :
— A bientôt, Farida.
Larbi prend l'adolescent dans ses bras, lui donne l'accolade.
— Bonne chance et que Dieu te bénisse !

8

En évitant de se profiler sur les crêtes, la longue file des dromadaires s'étire dans la nuit. Lakdar tient l'arzéma d'un vieux dromadaire à la mine bonasse qui porte un lourd chargement de dattes. La bête s'avance en posant sagement ses sabots élastiques dans les traces de son prédécesseur. Légèrement penché en avant, les jambes souples, pliant à peine les genoux, Lakdar glisse, traversant de vastes plaines pierreuses parsemées de buissons épineux. Il escalade des dunes d'une hauteur vertigineuse et s'enfonce de plus en plus loin, dans l'immensité froide et bleue.

Après plusieurs heures de marche, Amar, en tête de la caravane, fait un grand signe de la main. La caravane s'immobilise et descend une dune à pic. Au bas de la pente, les hommes font baraquer les bêtes qui blatèrent en découvrant leurs dents jaunes.

Très vite les Chambas allument un petit feu et font chauffer de l'eau pour le thé. Lakdar s'assoit sur le sable froid, près de sa bête qui, pattes repliées sous le ventre, le regarde avec d'énormes yeux ronds.

Amar s'est approché sans bruit, glissant sur ses naïls en cuir :

— Alors Lakdar, ça va, pas trop fatigué ? Nous nous arrêterons plus longtemps au lever du soleil. Les avions risquent alors de venir !

— Mais pourquoi nous cacher ? C'est défendu de circuler par ici ? demande Lakdar en croquant un morceau de kessera.

— Je ne veux pas t'en dire trop, si jamais nous étions pris, mais voilà l'essentiel. Nous transportons du ravitaillement pour les frères, ainsi que des munitions. Elles viennent de Tunisie. Il ne faut pas se faire repérer par les avions, sinon ils enverraient aussitôt une patrouille motorisée pour nous arrêter. Nous suivons une piste peu connue qui nous conduira jusqu'aux montagnes de l'Atlas.

Voilà ! Tu en sais assez. Nous t'abandonnerons près d'El-Kantara, dans cinq jours, quatre peut-être, si nous marchons bien.

Lakdar tire quelques dattes d'un petit sac que lui a donné Farida et mange encore un morceau de kessera, accompagné d'un verre de thé brûlant.

Puis la caravane reprend la route, descend, remonte sans fin les rhoraffas. Très haut, dans le ciel violet, les étoiles glacées commencent à disparaître. Amar jette de temps en temps un coup d'œil dans leur direction pour ne pas s'égarer dans cette immensité sans repère.

Enfin, après des heures et des heures de marche, une douce chaleur caresse les épaules de Lakdar. Le soleil pousse l'aube qui déborde sur les dunes. La caravane s'immobilise. Les hommes lâchent la bride de leur bête, avancent d'un pas et s'agenouillent dans le sable. La prière monte avec le jour. Tout est silence.

Soudain, dans le lointain, on entend un bourdonnement qui s'amplifie rapidement.

— L'avion ! crie quelqu'un.

Tous se mettent debout, saisissent la bride

des méharis et dévalent la pente en courant. Les chargements tanguent dangereusement sur le dos des dromadaires qui font des enjambées démesurées. Arrivée en bas, la caravane se plaque le long de la pente, dans l'ombre de la dune. Le bourdonnement augmente, change de direction, se perd, revient comme le bruit d'un énorme insecte butinant les dunes. Peu à peu le bruit s'éloigne. Les hommes se relèvent. Amar passe de groupe en groupe pour donner ses ordres.

Les hommes déchargent les bêtes. Les smats — les caisses — et les énormes couffins tombent à terre. Les dromadaires se relèvent, soulagés. Un homme entrave leurs pattes avant avec une corde, pour qu'ils ne puissent aller trop loin.

Amar s'approche de Lakdar :

— Nous allons attendre quelques heures dans cette cuvette. Nous sommes bien à l'abri. L'avion ne peut nous voir qu'en nous survolant à la verticale. Il fait sa tournée habituelle dans le secteur. Je ne crois pas qu'il nous ait repérés. Maintenant, dors si tu veux.

Lakdar se roule dans un grand burnous

que lui a donné Farida. Écrasé de fatigue, il s'endort très vite, dans l'ombre de son dromadaire.

***

Un grignotement imperceptible le réveille. Il ouvre un œil. A deux mètres de lui un petit fennec, les oreilles dressées, prêt à s'enfuir au moindre bruit, mordille un bout de kessera tombé sur le sable. Avec infiniment de lenteur, Lakdar s'assied, fait glisser le burnous de ses épaules et le jette d'un seul coup sur l'animal. Le fennec, surpris, n'a pas le temps de s'échapper. Il fait des bonds sous le vêtement. Lakdar plonge en avant et saisit l'animal à travers le tissu. Il passe une main par en dessous, se fait mordre plusieurs fois mais parvient enfin à saisir l'animal par les oreilles. Celui-ci pousse des cris perçants qui réveillent tout le campement. Les hommes se redressent, appuyés sur un coude, et rient très fort en voyant le fennec s'agiter au bout du bras de Lakdar.

— On en fera des brochettes ! crie l'un d'eux.

— Enfin un bon méchoui pour ce soir, ajoute un autre.

— Sa queue fera très bien au cou de mon méhari ! dit un troisième en brandissant son boussaadi qui brille dans le soleil.

Lakdar cache bien vite l'animal sous sa gandoura et répond d'un ton sans réplique :

— Il est à moi, je le garde !

Il s'assoit et glisse le restant de kessera au petit fennec, qui se calme peu à peu en grignotant les morceaux de galette. « Je vais l'apprivoiser, je le ramènerai à la maison et plus tard je l'offrirai à Farida, pense Lakdar tout en confectionnant une laisse avec des brins de laine qu'il arrache à la paroi d'un grand sac. Et quel nom lui donner ? Si je l'appelais Caporal, en souvenir du soldat français qui m'a aidé dans le wagon ?... Déjà cinq jours loin du village, j'ai l'impression d'être parti depuis des mois... Ma pauvre mère doit se demander où je suis. Pourvu que nous arrivions rapidement... »

Des éclats de voix le tirent de sa rêverie. Des hommes, en attendant la tombée du jour, se sont installés autour d'un damier grossièrement dessiné sur le sable et, avec des cailloux et des crottes de dromadaire en guise de pions, commencent une interminable partie. Le jeu devient acharné, des paris sont lancés.

Soudain les bêtes se mettent à crier, à trotter dans la petite dépression. D'autres tournent la tête en direction de l'est et tirent sur leur entrave. Un magnifique méhari blanc arrive même à briser la sienne. Il s'élance à l'assaut de la pente. D'autres le suivent. Les hommes se précipitent, s'accrochent à leur queue pour les immobiliser. Les bêtes se rebiffent, lancent des ruades. Trois d'entre elles parviennent à s'enfuir et disparaissent derrière les dunes. Amar, fou de rage, se lance à leur poursuite. Il crie, avant de disparaître derrière la crête :

— L'avion va les repérer. Il faut les rattraper !

Lakdar noue la laisse de son fennec à un sac et aide les hommes à immobiliser les dromadaires. Enfin le calme se rétablit, les dromadaires, solidement entravés, ne bougent plus.

— Mais que s'est-il passé ? demande Lakdar

à un homme essoufflé qui vient de s'écrouler près d'une caisse.

— Ils ont dû sentir l'eau, ou alors une femelle. Ils sont capables de flairer ça à des kilomètres. Ça les rend fous ! Pourvu qu'Amar ramène ceux qui se sont échappés !

A ce moment la sentinelle, perchée sur la crête, hurle de toutes ses forces :

— L'avion, l'avion !

Un petit point noir grossit rapidement du côté de l'est.

— Ça y est, il les a repérés !

L'homme saute sur ses pieds et ajoute :

— Il n'a plus qu'à remonter leurs traces jusqu'à nous...

En effet, l'avion pique droit sur la cuvette, passe au ras des dunes, revient, fait plusieurs tours et disparaît en direction d'El-Oued.

Amar, qui est revenu, crie d'une voix furieuse :

— Il nous a vus. Il va communiquer notre position à El-Oued. Dans quelques heures une patrouille sera là. Il faut filer. On peut encore leur échapper en marchant vite, et puis la nuit va venir ! Rassemblez les bêtes, chargez ! Fissa, fissa !

— Et les méharis qui se sont échappés ? demande un chamelier.

— Tant pis ! On s'en passera. Répartissez leur charge sur les autres.

Et se tournant vers Lakdar il ajoute :

— Du courage, mon garçon ! Nous allons être obligés d'avancer beaucoup plus vite. Tiens bon la cadence et surtout ne perds pas de vue le dromadaire qui est devant toi. On arrivera à les semer, tu verras !

En un tour de main les caisses, les sacs et les couffins sont chargés et la caravane se remet en route. Les hommes tirent sur la bride des bêtes qui allongent le cou en poussant d'affreux cris de colère.

Le fennec, blotti dans la gandoura de Lakdar, dessine une grosse boule à la ceinture du garçon. L'adolescent a du mal à suivre le rythme rapide de la marche. Les dromadaires glissent, font des écarts dans le sable meuble qui cède sous leur poids. Le soleil décline peu à peu, bordant d'un rouge incendiaire le sommet des dunes. Bientôt des tourbillons de sable s'enroulent à la crête des rhoraffas. Un vent léger gonfle les burnous. Amar a immobilisé son méhari. Il attend que Lakdar arrive à sa hauteur et lui dit, en regardant vers les dunes :

— Le vent se lève. Regarde les crêtes. Le sable vole en flammèches. Mauvais signe. Un vent de sable se prépare. Remarque, c'est à la fois bon et mauvais ! La patrouille française va perdre nos traces, mais nous, nous risquons de perdre la piste. Tiens-toi le plus près possible du dromadaire qui est devant toi !

Puis, tirant sur la bride de son méhari, il regagne la tête de la colonne.

⁂

Le vent devient de plus en plus violent. Il tourbillonne autour des jambes de Lakdar et griffe sa peau nue. Pour se protéger du sable, les hommes enroulent leur chèche autour du visage. Seuls les yeux brillent maintenant entre les fentes du grand litham. Le vent siffle de plus en plus fort entre les cordes qui arriment les caisses. Le sable pénètre partout, dans la bouche, le nez, les oreilles, les yeux. Penché en avant, la tête baissée, Lakdar lutte contre la tempête qui efface aussitôt les traces du dromadaire qui le précède. Parfois des gerbes d'étincelles jaillissent à la croix des rahlas. Il fait complètement nuit, maintenant. Lakdar titube de fatigue. Des images d'oasis verts surgissent devant ses yeux. Il entend des bruits de source. Des visions de fruits juteux, de plats succulents lui font venir l'eau à la bouche. Il faut tenir, marcher, les yeux rivés sur l'ombre qui flotte devant lui. Le fennec, serré contre son ventre comme une petite bouillotte, l'aide à tenir bon. De temps en temps, il lui glisse des morceaux de kessera. Un court instant, épuisé, il ferme les yeux et avance en titubant, toujours cramponné à la bride de son dromadaire. Il la serre à s'en déchirer les doigts, rouvre les yeux et avance encore, arc-bouté contre le vent, contre le sable.

Enfin la tempête s'apaise. Un grand silence s'abat sur le désert. Le sable, en suspension dans l'air, retombe lentement, avalant tous les bruits. Lakdar ne voit plus rien. Il s'arrête un instant. Plus de trace devant lui. Il se met à courir, entraînant sa monture. Il crie de toutes ses forces :

— Amar, Amar.

Sa voix paraît s'écraser contre une muraille grise, impalpable. Il fait cent mètres, deux cents mètres, et s'écroule en pleurant. Il a perdu la caravane.

Les larmes coulent de ses yeux et creusent deux petits sillons gris dans le sable collé à ses joues. Il les essuie d'un revers de main, se lève et tend le bras vers sa guerba. Le vent de sable l'a presque complètement desséchée. Un mince filet d'eau jaunâtre, mêlé à des poils de chèvre, coule dans sa gorge.

Ragaillardi, il appelle encore et encore. Aucune voix ne répond à sa voix. Stoïquement, il s'assoit au pied de son vieux dromadaire et, recroquevillé sur lui-même, attend que le ciel, énorme sablier renversé, se vide de son contenu.

9

Au bout de plusieurs heures une lueur apparaît dans le lointain. Les premiers rayons du soleil levant percent le brouillard de sable. Lakdar, qui s'était assoupi, se réveille en sursaut. Son fennec lui mordille la peau du ventre. Il le pose à terre, tire des dattes et un morceau de kessera du sac qui pend à sa selle, et se met à manger tout en jetant quelques miettes à l'animal.

Le soleil monte. On distingue de mieux en mieux la crête des dunes. Lakdar saisit Caporal et grimpe prestement la pente de la plus haute. De son sommet il découvre un reg immense, ourlé de petites dunes. La main au-dessus des yeux, il scrute longtemps le paysage qui tremble à ses pieds. Aucune caravane ! Alors il redescend lourdement vers son dromadaire, qui le regarde en ayant l'air de dire :

— Eh bien, qu'est-ce qu'on fait ? On ne va pas rester dans ce trou, quand même !

Lakdar s'assoit et tout en caressant son fennec, se met à réfléchir : « J'ai encore un peu d'eau, des dattes en quantité, de la kessera. Je peux tenir plusieurs jours et puis, les autres vont faire demi-tour dès qu'ils s'apercevront de mon absence. Je vais remonter sur la dune. Il leur sera facile de me repérer. Mais l'avion, s'il revient, lui aussi pourra me voir. Non, il vaut mieux rester ici. »

Soudain, un lointain bruit de moteur l'arrête dans ses réflexions. L'avion ! Il regarde en l'air. Le bruit s'amplifie, mais il ne voit rien apparaître dans le ciel.

Et si c'était une patrouille !

Il enfourne Caporal dans sa gandoura et remonte avec prudence au sommet de la dune. Aplati sur le sable, il aperçoit, à l'horizon, trois 6×6 qui roulent à toute allure. Lakdar réfléchit rapidement : « S'ils foncent comme ça, c'est qu'un avion leur a signalé la caravane ! Il ne faut pas qu'ils la rattrapent. Les frères ont besoin de munitions et de nourriture. »

Lakdar se redresse, enlève son burnous et l'agite longtemps au-dessus de sa tête. Les trois véhicules changent brutalement de direction et foncent vers lui. Ils atteignent bientôt le pied de la dune et s'arrêtent à bonne distance les uns des autres. « Ça y est, ma ruse a réussi. Je vais essayer d'immobiliser la patrouille le plus longtemps possible. Amar et la caravane auront le temps de s'échapper. »

Les soldats bondissent des camions et, en prenant d'infinies précautions, escaladent la dune par tous ses côtés à la fois.

Lakdar reste debout. A travers le tissu de sa gandoura, il serre son petit fennec. Les soldats surgissent en pointant leur fusil vers lui. L'un d'entre eux, qui porte un képi bleu clair, hurle en direction des camions :
— Ce n'est qu'un gosse, il est seul avec un vieux chameau !

Puis se tournant vers Lakdar il ajoute :
— Descends, le chef va t'interroger.

Un jeune lieutenant, appuyé au capot d'un

6 × 6, regarde l'adolescent s'approcher. Il dit en s'adressant aux soldats :

— Alors c'est tout ce que vous avez déniché ? Un gosse avec un dromadaire pelé ! Où est la caravane ?

Puis d'une voix dure il demande à Lakdar :

— Qu'est-ce que tu fais là, en plein désert ? Pourquoi tu nous as fait signe ? Qu'est-ce que tu veux ?

Lakdar, un instant terrorisé, ne sait plus quoi répondre. Des idées tournent à toute vitesse dans sa tête. Enfin il déclare d'une petite voix craintive :

— J'ai perdu ma caravane durant la tempête de sable. Je ne sais plus où je suis. Où est la piste d'El-Kantara ?

— Mais les autres, où sont-ils passés ? Où est la caravane ?

— Je ne sais pas. Je vous dis que je les ai perdus cette nuit, durant la tempête.

— Menteur, où se cachent-ils ? hurle le lieutenant en secouant Lakdar par un bras.

— Je vous jure, je ne sais pas !

— Allons parle ! D'abord comment t'appelles-tu, d'où viens-tu ?

— Je m'appelle Lakdar.

A ce nom, un soldat qui avait la tête enfouie dans le moteur d'un camion se redresse et le fixe sans rien dire. Lakdar a reconnu le caporal.

— Tu rêves ou quoi ! Je t'ai demandé d'où tu venais.

— Je viens de Touggourt. Nous sommes partis il y a trois jours avec une petite caravane de quatre dromadaires.

— De Touggourt ! Ben mon colon, tu t'es plutôt écarté de ton chemin ! Tu es sûr que tu ne mens pas ? Ce n'est pas plutôt d'El-Oued que tu viens ? Hier l'avion a signalé une caravane qui venait d'El-Oued.

— Non, non, je vous assure. Je viens de Touggourt. Avec l'un de mes cousins on transportait des dattes pour mon oncle qui tient un magasin à El-Kantara !

Et Lakdar jette un regard désespéré en direction du caporal. S'il parle, il est foutu ! Mais le caporal a replongé la tête dans son moteur.

— Et là, qu'est-ce que tu caches ?

Le lieutenant désigne la grosseur à la taille de Lakdar.

— Un fennec, mon lieutenant !

Lakdar sort l'animal en le tenant par les oreilles. Le fennec se tortille dans tous les sens en poussant d'affreux glapissements. Les soldats éclatent de rire. Le lieutenant sourit à son tour.

— Bon, on reparlera de tout ça plus tard. Va boire un verre de thé.

Lakdar pousse un ouf de soulagement. « Heureusement que le caporal n'a pas parlé ! » pense-t-il en s'asseyant près du feu.

Silencieusement quelqu'un s'est glissé à côté de lui.

— Alors, Lakdar, on se retrouve.

Sans même tourner la tête, l'adolescent a reconnu le caporal. Il répond en fixant les flammes :

— Merci, caporal, si tu avais parlé...

La voix du lieutenant interrompt leur conversation.

— Lakdar, viens ici !

Lakdar se relève, le cœur battant, et s'approche du lieutenant :

— Tu n'aurais pas vu une grande caravane, lorsque tu étais là-haut sur ton perchoir ?

Et le lieutenant désigne d'un coup de menton l'énorme dune au-dessus d'eux.

— Non, je n'ai rien vu, et pourtant j'y suis resté longtemps !

— Bon, ça va. On a vérifié le chargement de ton dromadaire. Il porte bien des dattes. Mais tu devrais changer de monture, la tienne va bientôt s'écrouler. Enfin si tu veux retrouver la piste d'El-Kantara, marche toujours vers le nord, tu rencontreras bientôt une ligne de chemin de fer. Tu n'as qu'à la suivre et dans deux jours, peut-être trois, tu seras chez toi. Tu ne peux pas te tromper. Reprends de l'eau, si tu veux. J'ai vu que ta guerba était bien plate !

Et le lieutenant s'éloigne vers sa voiture.

Lakdar retourne près du feu. Le caporal est toujours là. Il lui tend un verre de thé brûlant.

— Tiens, bois, tu as dû passer une sacrée nuit !

— Merci, caporal, et merci aussi de n'avoir rien dit. Si le lieutenant avait appris d'où je venais, j'étais foutu.

— Tu as surtout de la chance de tomber sur le peloton qui était en patrouille près de la

Tunisie lorsqu'on était au bordj, sans quoi on t'aurait vite reconnu. Moi j'ai dû remplacer leur chauffeur blessé. Alors tu t'es enfui. Tu n'as pas pu attendre mon retour. J'en avais encore des choses à t'apprendre. Après tu serais rentré chez toi, tranquillement, par le train. Mais je te comprends. Moi aussi j'ai quelqu'un qui m'attend de l'autre côté de la Méditerranée ! Tes copains, on les retrouvera bien sans toi !

Un long silence les plonge alors dans une interminable rêverie. Un ordre du lieutenant les fait sursauter.

— En route ! Ce gosse nous a fait perdre assez de temps. On a encore à crapahuter pour retrouver cette maudite caravane.

Et le lieutenant, debout à l'avant de son 6 × 6, fait un grand signe en direction de l'horizon.

Alors Lakdar tire le fennec de sa gandoura. Il le tend au caporal.

— Tiens, caporal, pour te remercier. Soigne-le bien ! Il s'appelle Caporal, comme toi.

Le caporal regarde intensément le jeune Arabe et prend l'animal sans dire un mot.

Enfin il détourne les yeux, rabat ses grosses lunettes et marche vers son camion.

Les voitures démarrent. Lakdar les suit longtemps des yeux, jusqu'à ce qu'elles ne soient plus que des formes tremblantes à l'horizon. Alors il saisit l'arzéma de son vieux dromadaire et se dirige vers le nord, vers son village.

Castor Poche

Des livres pour toutes les envies de lire,
envie de rire, de frissonner,
envie de partir loin
ou de se pelotonner dans un coin.

Des livres pour ceux qui dévorent.
Des livres pour ceux qui grignotent.
Des livres pour ceux qui croient ne pas aimer lire.
Des livres pour ouvrir l'appétit de lire et de grandir.

Castor Poche rassemble des textes du monde entier ; des récits qui parlent de vous mais aussi d'ailleurs, de pays lointains ou plus proches, de cultures différentes ; des romans, des récits, des témoignages, des documents écrits avec passion par des auteurs qui aiment la vie, qui défendent et respectent les différences. Des livres qui abordent les questions que vous vous posez.

Les auteurs, les illustrateurs, les traducteurs vous invitent à communiquer, à correspondre avec eux.

Castor Poche
Atelier du Père Castor
4, rue Casimir-Delavigne
75006 PARIS

Cet
ouvrage,
le cent soixante treizième
de la collection
CASTOR POCHE,
a été achevé d'imprimer
sur les presses de l'imprimerie
Maury Eurolivres
Manchecourt - France
en août 1998

Dépôt légal : septembre 1998.
N° d'édition : 4463. Imprimé en France.
ISBN : 2-08-164463-0
ISSN : 0763-4544
Loi n° 49-956 du 16 juillet 1949
sur les publications destinées à la jeunesse